SUPER
GIRL

天才シェフは
小学生!?
作:工藤純子
絵:藤丘ようこ
ミラクル★キッチン
1

1 調理実習

サクラの花びらが、時おりつよく吹《ふ》く風にあおられて、おどるように舞《ま》った。

春になると、なんとなく心が浮《う》きたっておちつかないのは、こういう景《け》色《しき》のせい……だけじゃない。

開いた窓《まど》から、いいかおりが鼻をくすぐって、おなかがぐぅっと鳴った。

桜《さくら》もちを思い出させる、いいにおい。

あたし、加護《かご》めぐみは、育ちざかり真《ま》っ最中《さいちゅう》！　朝、ごはんを二杯《はい》、おみそ汁《しる》、焼《や》き魚、目玉焼きを食べてきても、四時間目にはおなかがすくようにできている。

でも、きょうは、いくらおなかがすいてもだいじょうぶ。だって四時間目は、五年生になってはじめての調理実習があるから。

その日のメニューは、野菜《やさい》サラダ。メニューとしてはイマイチだけど、マヨネーズとあえたポテトサラダは大好物《だいこうぶつ》！

しかも、サラダなんて野菜を切ればいいだけだから、楽勝だよね～……と、考えていたのがあまかった。

「メグ、不器用《ぶきよう》だなぁ。そんなに皮をむいたら、食べるところがなくなるじゃない！」

班長《はんちょう》、仙崎《せんざき》サヨリのきつい声がとんできた。だまっていれば、色白で切れ長の目の美人系《けい》なのに、口がわるすぎる！

「ハイハイ、おっと……。」

もう、話しかけないでよ～！　こっちは、命をかけた真剣《しんけん》勝負なんだから。じまんじゃないけど、あたしは不器用で、工作も料理も裁縫《さいほう》も大きらい。

「ジャガイモさん、どうして逃《に》げるの！　おとなしくしなさい！」

ぶちんとキレたあたしを見て、サヨリはため息《いき》をついた。そういうサヨリは、自分では何もしないで、女王様みたいに指示《しじ》ばかりしている。

「ほら、そっちの男子！　キャッチボールするなら、トマトじゃなくてジャガイモにして！」

サヨリはいつも、いうことがちょっとずれている。

春名《はるな》がトマトをもどして、「へいへい」とつぶやいた。春名は、料亭《りょうてい》の跡《あと》とり息子《むすこ》。ここいらへんじゃ、ちょっと有名な割烹《かっぽう》料理屋だ。

春名は、しかたないなぁという感じで包丁《ほうちょう》をにぎると、みごとな手さばきで、つぎつぎと野菜《やさい》を切りはじめた。

「お、さすがだね。手つきがちがう。」

春名の手の中の野菜は、おとなしく気持ちよさそうに身をゆだねている。

あたしが感心して見つめていると、春名はふふんっと胸《むね》をはった。

「料理なんて、切って調味料《ちょうみりょう》入れればできるんだから、カンタン、カンタン。これくらい、男のたしなみだよ。」

ちぇ、いうことがイヤミでキザっぽい。

「ねぇ、春名《はるな》くんなら知ってるかなぁ？　小学生なのに、すっごく料理がうまい子がいるって話。」

サヨリは、料理なんてそっちのけで、春名と話しはじめた。

すっごく料理がうまい子？　そんな小学生がいるの？　あたしも手を止めて、耳をおっきくした。

「ああ、うちにきたお客さんがうわさしてた。リトル・シェフとかよばれてて、おじいちゃんやおばあちゃんの間で人気とか……。でも、そんなのガセだろ。」

春名は眉間《みけん》にしわをよせて、不機嫌《ふきげん》にいった。リトル・シェフって、小さいシェフ？

もっと聞こうと体をすりよせたら、ふたりの会話が、先生の悲鳴にかきけされた。

「こら、ふざけない！　あ〜、包丁《ほうちょう》どっちにむけてんの！　つまみ食いするなぁ！」

あっちでもこっちでも、うわぁ！　とか、ぎゃあ！　とか、ガラガラガッチャーン！　なんて音がいりみだれて、先生はなかばパニックになっている。

きっと、きょうの授業《じゅぎょう》で、三年くらい寿命《じゅみょう》がちぢんだだろうな。

「それにしても、最初《さいしょ》の調理実習がサラダなんて、しけてるよな。日本人なら和食だろ？　せめて、肉ジャガとかにしてほしいよ。」

春名《はるな》が、ぶつぶつと文句《もんく》をいっている。

なるほど！　ほっこりしたジャガイモと、ジューシーであまからいお肉の味が、口いっぱいにひろがった。

「肉ジャガ、いいねぇ！　でもあたし、オムライスも好《す》きだし、ハンバーグもいいなぁ。」

目の前に食べものがあるのに、なかなか食べられないのって拷問《ごうもん》みたい。

あたしの想像《そうぞう》はどんどんふくらんで、じゅるっとよだれが出てきた。

「オマエ、わかってないよ。日本人だろ？　日本人なら和食だろ？　オレは、パンより米を愛してるし、紅茶《こうちゃ》よりも日本茶、祝日《しゅくじつ》には日の丸掲揚《けいよう》、出かけるときは着物、歌謡曲《かようきょく》より民謡《みんよう》が好きだし、下駄《げた》をはくと水虫にもいいんだぞ！」

またはじまった……。

春名は、おぼっちゃんでなかなかのハンサムだから、第一印象《いんしょう》はかなりオッケーなのに、日本を語りはじめると、声なんか裏返《うらがえ》っちゃう。ヘンなやつだから、結局《けっきょく》もてない。

「ほんとう？　わたしも下駄はこうかなぁ。」

サヨリの返事も、あいかわらずずれている……。

「もう、やってらんない！」

はぁっと、ため息《いき》をついた。食べるのは得意《とくい》だけど、つくるのはやっぱり苦手《にがて》ってことが判明《はんめい》した。おいしいものを食べるには、苦労《くろう》しなきゃいけないってことも。

あきらめて包丁《ほうちょう》をおいたとき、あたしはギョッとした。

シュルシュルシュルシュルシュー。

調理台の下のほうで、かくれるように、ジャガイモがくるくるとまわる。白い包帯《ほうたい》のように、うすく長い皮が美しい。

あたしは、しばらくその手もとに見とれていて、まわりのさわぎも耳に入ってこなかった。そして、ハッとした。あんなふうに包丁を使えるのはだれ？

視線《しせん》を上にうつして、あたしはさらにおどろいた。

姫野亜美《ひめのあみ》。うちの班《はん》、ううん、クラスでいちばんめだたない、いるかいないかわからないいくらい存在感《そんざいかん》のない子。ショートヘアにキリッとした目をしてて、最初《さいしょ》は男の子かと思ったくらい。

四年生の二学期にひっこしてきたらしいけど、だれも姫野亜美のくわしいことは知らない。小さいころアフリカにいたとか、借金《しゃっきん》をかかえて逃《に》げているとか……。とにかく、うわさばかりがひとり歩きして、ほんとうのことは何もわからない。というのも、いつもひとりでいて、なかのいい子がいないからだ。

その、姫野亜美《ひめのあみ》が、つぎつぎと野菜《やさい》をむいてゆく。ひとめをさけるように、こっそりと。魔法《まほう》のように、芸術的《げいじゅってき》に。

「すっ……。」

すごいっていおうとしたら、長めの前髪《まえがみ》の間から、ギロッてにらまれた。

こ、こわい……。

「わー、うちの班《はん》、はやいね。さっすがチームワーク!　メグもやればできるじゃん。」

何もやってないサヨリが、キレイに切りそろえられた野菜を見ていった。

ハッとして姫野さんを見たら、不器用《ぶきよう》な手つきで野菜を切っている。

「センセー、うちの班《はん》、もうできましたぁ！」

サヨリは、まるで自分の手柄《てがら》のようにいった。姫野《ひめの》さんがほとんどやったのに、信《しん》じられない！

「あ、亜美《あみ》はあらいものお願《ねが》いねー。」

サヨリがいうと、姫野さんは文句《もんく》もいわずにお皿をあらいだした。いいかえさないから、いつもめんどうな仕事をおしつけられている。

「ひ、姫野さん……。」

あたしは、がまんできずに話しかけた。野菜《やさい》を切ったのは姫野さんだって、みんなにいっていいよね？　あたしは、目でそううったえた。

ところが……。

姫野さんは、やっぱりギロッてにらむだけ。その目は、「絶対《ぜったい》いうな！」っていっているようで、あたしはだまりこんだ。

一応《いちおう》、いいことしようとしただけなのにな。

その日の調理実習は、うちの班がいちばんはやくおいしくできて、先生にもほめられた。

2

亜美《あみ》とのバトル

学校が終わると、あたしは姫野《ひめの》さんを追いかけた。

どうしても聞きたいことと、お願《ねが》いしたいことがあった。でも、実はあたし、同じ班《はん》になってから、まだ一度も姫野さんと口をきいたことがない。

サヨリは班長《はんちょう》のくせに、姫野さんをあごで使うとき以外無視《いがいむし》していたし、姫野さんのほうも、それでいいって顔をしていた。でも、それでいいわけ

ない……と、あたしは思う。

姫野さんが歩くたびに、つやのあるさらさらの髪《かみ》が、耳もとでゆれた。

いいなぁ……。

あたしの髪は、やわらかいくせっ毛。雨の日なんて、バクハツしちゃって最悪《さいあく》。

おっと、見とれてる場合じゃない。

「ひ、姫野さん！」

学校を出たところで、勇気《ゆうき》をふりしぼって声をかけると、姫野さんはゆっくりとふりむいた。それなのに、また前をむくと、早足で歩きだした。

わっ、いきなりムシ？

タッタッタッ。

あたしもいっしょに、早足で歩いた。まるで、ふたりで競走《きょうそう》しているみたいだけど、あたしも負けるわけにはいかない。

丸太公園をつっきろうとしたとき、いきなり姫野《ひめの》さんが立ち止まった。

「なんの用？」

……口、きけるんだ。

あたしは、口をポカンとあけた。

「だから、なんの用？」

姫野さんは、いらいらしたようにもう一度聞いた。あたしはハッとした。

そうだ、用があったんだ！

「あ、あの、実は、お願《ねが》いがあって。」

姫野さんは、うさんくさそうに首をかしげた。

「うちのお母さん、今、おじいちゃんの具合がわるくて、いなかに帰ってるの。」

「で？」

それがどうしたって顔で、まゆをひそめる。

「だからあたし、弟とお父さんのために、夕飯《ゆうはん》つくらなきゃいけなくて。」

「だから？」

「でも、あたし料理苦手《にがて》だし。」

「それで!?」

姫野《ひめの》さんは、爆発寸前《ばくはつすんぜん》って顔。こわい……いつものあたしだったら、ヒュ～っと小さくなって、消えてしまいそうなくらいの迫力《はくりょく》だった。

「お願《ねが》い！　お料理教えて！」

……はぁ。いった。

サクラの木から、はらはらと花びらが舞《ま》いおちてきた。

「……何、それ。」

姫野さんは、長い文章を口にするのが苦手《にがて》みたいだった。必要最低限《ひつようさいていげん》の単語《たんご》しか口にしない。

「弟とお父さんに、おいしいもの食べさせたいの。だから……。」

あたしは、すがりつくようにいった。

「バカみたい。どうしてあたしが、料理を教えなきゃいけないわけ？」

「バ、バカァ？」

頭の先から、ボッと一気に湯気《ゆげ》がでた。

「どうして、弟とお父さんに、おいしいものを食べさせたいって思うのがバカなの？　それってひどくない？」

あたしのいきおいに、ちょっとたじろいだけど、姫野さんはすぐにたちなおった。

「だって、あたしには関係《かんけい》ないもん。」

「それはそうかもしれないけど、ちょっとくらい教えてくれたっていいじゃない。かくしたってダメだよ、あたし見てたもん。料理、得意《とくい》なんでしょ！　あんなに、包丁《ほうちょう》をじょうずに使えるなんて……。」

あたしが身ぶり手ぶりでまくしたてると、姫野《ひめの》さんはあきれたような顔をした。

「あんなの、ふつー。あんたがドンくさいだけ。」

グサリと胸《むね》につきささった。じわんと涙《なみだ》がにじむ。何よ、この子。こんなにいじわるな子、見たことない！

「じゃあ、あたしいそがしいから。」

姫野さんはそういって、背中《せなか》を見せた。

「逃《に》げるの？」

あたしは、超《ちょう》バトルモードになっていた。こうなったら、あたしだって

いいたいことといってやる。昔、いじめっ子の背中《せなか》に、泣《な》きながら石を投げまくったことを思い出した。

「えらそうに！　アンタ、調理実習のとき、こっそり何か入れたでしょ？　先生にいいつけてやるから！　それに、それに……。」

それ以上《いじょう》、ことばが出てこなかった。あたしって、なんてボキャブラリーがすくないんだろう。

それなのに、姫野《ひめの》さんはきょとんとした顔をした。

「どうして知ってるの？」

「へ？」

「何か入れたって。」

姫野さんの問いかけに、あたしはゴクンとつばを飲みこんだ。

「だって、味がした。」

「味って？」

「塩《しお》、こしょう、マヨネーズしか入れなかったはずなのに……ほんのりあまくて、カツオブシのような味がした。」

そう。うちの班《はん》のポテトサラダは、ほかの班よりまろやかでおいしかった。

ふわっと風が吹《ふ》いて、姫野さんの前髪《まえがみ》が舞《ま》いあがった。

「ふーん。ほんのちょっと、入れただけだったのに。」

姫野さんは、納得《なっとく》できないような複雑《ふくざつ》な顔をすると、「ついてくれば？」

と、歩きだした。

3 春キャベツとアンチョビのパスタ

姫野《ひめの》さんは、アパートの階段《かいだん》をトントンとあがっていった。

「入りたければ、入ってもいいよ。」

姫野さんの日本語っておかしい。命令《めいれい》でもなければ、さそってるわけでもないような。

でもなんとなく、なれてないのかもって思った。赤い顔をして、どぎま

ぎしてて、あたしの前に行ったり後ろに行ったり、どうしていいかわから
ない感じ。

そんなしぐさを見ていると、あたしの緊張《きんちょう》はとけて、「むふっ」とわらっ
てしまった。

姫野さんは、二階《かい》のいちばん奥《おく》のドアにかぎをさしいれた。

「へぇ、ここに住んでるんだぁ。お母さんは？　お仕事？」

玄関《げんかん》には、サンダルやスニーカー、それにかさなんかが、ごちゃっとお
いてある。下駄箱《げたばこ》の上には、一輪《いちりん》ざしの花びんにバラがかざられていた。

きょろきょろ見まわしながら、あたしの足は、自然《しぜん》と奥にすすんだ。

「ストップ！」

姫野《ひめの》さんのするどい声で、ぴっと立ち止まった。

「キッチンに入る前に、手をあらって。」

いちいちうるさいなぁと思いつつ、洗面所《せんめんじょ》に行った。

「指の間とか手首も、よ～っくあらって。」

姫野さんは、幼稚園《ようちえん》の子にいうようにいった。なんか、ヘンなの。

手をあらって姫野さんについていくと、テーブルがあるリビングがあって、その奥《おく》にキッチンがあった。

「ここ、キッチンにだけはこだわっている、おかしなアパートなんだ。」

ムスッとしながら、姫野さんはいった。

「すごい！」

あたしは、目を丸くした。赤いおしゃれなシステムキッチンに、白い調理台。かべには、数えきれないくらいたくさんのなべと調理用具がかけられていて、見たこともないような調味料《ちょうみりょう》が、ずらりとならんでいる。食器《しょっき》だなのグラスはピカピカ光っているし、お皿は白くかがやいている。

まるで、別世界《べっせかい》……。

「ところで、何をつくりたいんだ?」

姫野さんは、まっ白なエプロンのひもをきゅっとしめた。うわ、なんかかっこいい!

「え、何っていわれても……カンタンで、おいしいものならなんでも。」

「あのなぁ……。」

「じゃあ、スパゲッティ！」

また、姫野《ひめの》さんがおこりそうだから、とっさにいった。カンタンそうだし、あたしも好《す》きだし。

「パスタか……わかった。」

姫野さんは、わざわざパスタっていいかえた。でも、パスタっていうと、ちょっと高級そう。トレビア～ンって感じ。すんごくいいアイデアのような気がして、ウキウキしてきた。

「うん、それ！　パスタにしよう！」

「で、どんなパスタをつくりたいんだ？」

あたしは、投げてよこされたエプロンをあわててつけると、首をかしげた。

「パスタには、たくさんの種類《しゅるい》がある。スパゲッティっていうのは、パスタの一種《いっしゅ》だ。」

そういって、バッとたなのとびらを開いた。そこには、細長いスパゲッティのほか、いろんな形のものがビンに入ってならんでいた。

「これ、全部、パスタ？」

「ああ。」

きれい。ビーズみたいに、いろんな色がある。細長いもののほか、短いものや、平べったいもの、ひねってあるものや、米つぶみたいなものまである。

「ソースによって、使うパスタもちがってくる。」

「へ……ぇ。でもあたし、どんなパスタがいいかわからないよ。」

あたしが知ってるスパゲッティは、ミートソースくらいだ。もちろん、ミートソースでもいいんだけど。

姫野《ひめの》さんは、うーんと考えこんだ。

「春キャベツとアンチョビのパスタにするか。」

「春キャベツ？　アン、チョビ？」

キャベツに、春とか夏とかあるの？　アンチョビって、何語？

「春のキャベツは、やわらかくておいしいんだ。アンチョビは、イワシを塩《しお》づけにして発酵《はっこう》させたもの。イタリアンには、欠《か》かせない食材《しょくざい》だ。」

Cabbege
Anchovy

そういって、冷蔵庫《れいぞうこ》からキャベツだのビンだのをとりだしはじめた。

「姫野《ひめの》さんって、ものしりだね。キャベツが春においしいなんて、知らなかった。」

野菜《やさい》なんて、スーパーにいけば一年中ある。だから、おいしい時期があるなんて、思ってもみなかった。

「食材《しょくざい》には、旬《しゅん》っていって、いちばんおいしい季節《きせつ》があるんだ。夏ならキュウリ、ナス、冬なら大根、ホウレンソウとかな。それに、旬の野菜は栄養価《えいようか》が高くて、ビタミンやミネラルが豊富《ほうふ》なんだよ。」

日ごろしゃべらない姫野さんが、生き生きとしている。なんだか、あたしまでうれしくなってきた。

「わかったら、ちゃっちゃとつくるぞ。手ばやくつくるのも、料理の基本《きほん》だからな。」

そういって、あたしを追いたてた。姫野さんの指示《しじ》は、的確《てきかく》ですばやい。野菜をあらったり、なべに水を入れたりした。

「材料《ざいりょう》いうぞ。メモとれ。」

そうはいうけど、姫野さんは何も見るようすはない。

「すごいね、姫野さん、全部おぼえてるの？」

「あたりまえだ。」

あたしは、あわててペンとノートをとりだすと、ぐちゃぐちゃと書きこんだ。なんかとってもあわただしくて、息《いき》をつくヒマもない。

「ポイントはここ。フライパンにオリーブオイルを入れて、火をつける前に、きざんだニンニクを入れておくんだ。風味《ふうみ》がうつるからな。それから、弱火でじっくりといためる。絶対《ぜったい》にこがすなよ。」

しばらくすると、ニンニクのこうばしいにおいがただよってきて、口につばがたまってきた。となりのコンロでは、大きななべにお湯がぐつぐつとわいて、ゆらゆらとパスタがおどっている。その中に、切ったキャベツを入れた。パスタをゆでるついでに、キャベツもゆでちゃおうってことらしい。

「姫野《ひめの》さん、手ぎわいいね。ふたつのおなべを同時にあやつるなんて、信《しん》じられないよ。」

感心していうと、姫野さんはガバッと顔をあげた。

「その、姫野さんっていうの、やめてくんない？　姫とかって、こっぱずかしいと思わない？」

「う、うん……じゃあ、亜美《あみ》ちゃん？」

「げー、やめてくれよ。亜美でいいよ。サヨリだって、そうよんでるだろ。」

そうだけど……それは、勝手にサヨリがえらそうにいってるだけで、それが受けいれられてるかどうかってことは、わからなかった。でも、それでいいんだ……。

「わかった。じゃあ、あたしはメグでいいよ。」

「メグかぁ、なんかイマイチ……かごめにしよう。」

「かごめ?」

「加護《かご》めぐみだから、かごめ!」

亜美《あみ》は、やっと納得《なっとく》したように手を動かしはじめた。その手の動きは、調理実習のとき見たように、すばやく優雅《ゆうが》で、美しかった。

亜美の手の中で、野菜《やさい》や食材《しょくざい》たちが、うれしそうにおどっている。それは魔法《まほう》のようで、奇跡《きせき》がおきているみたいだった。

「お料理、好《す》きなんだね。」

あたしはニコニコしていった。同じ班《はん》だったのに、はじめて会った子のような気がする。

亜美は、相当なテレやだ。ほめると、すぐに顔を赤くする。

「父さんが、シェフなんだ……。」

亜美は、いいわけをするように話しはじめた。お父さんがフランス料理のシェフで、今は海外で修業《しゅぎょう》していること。亜美も五歳《さい》までフランスにいたこと。お母さんはソムリエといって、料理にあうワインをお客さんにえらんであげる仕事をしていること。

へぇって思った。小さいころいたのは、アフリカじゃなくてフランスだし、借金《しゃっきん》もなさそうだし、うわさなんて、やっぱりあてにならない。

それに料理をしているときの亜美は、教室にいるときとちがって、すごく楽しそうだった。顔がキラキラしているし、おしゃべりだし。

「パスタの固さが、味の決め手だからな。ゆでているとちゅうで食べてみて、確認《かくにん》するんだ。」

「あ、つまみ食い、得意《とくい》だよ。」

「味見だ！　ほら、髪《かみ》の毛《け》一本分の芯《しん》がのこる程度《ていど》にゆでる。これを、アルデンテっていうんだ。」

アル……？　亜美《あみ》は、あたしの知らないことをたくさん知っている。

「できた。」

パスタがもられたお皿から、もわっと湯気《ゆげ》がたちのぼった。パスタの上には、パリッとしたキャベツのグリーンと、赤いトウガラシが、美しくはえている。白、緑、赤。これってやっぱり！

「トレビア～ンな、イタリアの国旗《こっき》の色だね！」

「トレビアンは、フランス語だ。」

亜美のツッコミに、ぐっとつまったけど、そんなことはどうでもいい！

さっきまでクサイと思っていたアンチョビのかおりが、鼻の奥《おく》から脳細《のうさい》胞《ぼう》へとつたわって、ビビッと食欲《しょくよく》を刺激《しげき》してくる。

亜美は、テーブルにお皿をのせて、ガラスのコップに水をそそいだ。

「い、いただきます！」

あたしはもう、一秒だってがまんできなかった。ちょうどおやつの時間だし、おいしそうなにおいに、さっきからおなかが鳴りっぱなしだ。

フォークにくるくるとパスタをまくと、ガバッと一気に口に入れた。

はふっ！

春キャベツとアンチョビのパスタのつくりかたは、142ページを見て！

パスタのほどよい歯ごたえと、シャキッとしたキャベツが、絶妙《ぜつみょう》に口の中であわさってゆく。

「あまい！」

いやなあまさじゃない。口にのこらない、さらっとした自然《しぜん》なあまさだ。

「春のキャベツは、あまいんだよ。」

「でも、塩《しお》かげんもちょうどいい。塩なんて、入れてないのに……。」

あたしはひとつも見のがさないように、じっと見てたけど、塩で味つけはしていないはず。

「パスタをゆでるとき、お湯に塩を入れただろう？　あのゆで汁《じる》を、あとからかくし味で入れてるんだ。あと、アンチョビは塩づけだから、その塩もきいている。」

「じゃあ、ポテトサラダには何を入れたの？」

まだ、調理実習のなぞはのこっていた。

「砂糖《さとう》と和風だし、それに、お酢《す》をすこし入れたんだ。」

「へぇ！　お酢も？」

全然《ぜんぜん》、気づかなかった。でも、ほんのりあまかったのと、カツオブシの味は納得《なっとく》できた。

亜美《あみ》がいうには、まったく反対に思える調味料《ちょうみりょう》も、あわせることで、おたがいをひきたてあったりするらしい。

なるほどー。もっと聞きたいけど、しゃべるのももったいないくらいおいしい！

「……かごめって、いい舌《した》してるんだな。」

「ほえ？」

口にパスタをほおばっていたあたしは、きょとんとした。亜美《あみ》は食べもしないで、あたしを見ている。

もしかして、ほめられてる？　亜美が、あたしのことを？

「味覚《みかく》っていうのは、三歳《さい》くらいまでに決まっちゃうらしいんだ。それまでに濃《こ》い味になれたりすると、舌の感覚《かんかく》がわるくなるんだって。」

「ふーん。」

ってことは、あたしの食いしんぼうな舌も、生まれつきというよりは、赤ちゃんのときにそうなったっていうこと？　今度、お母さんに聞いてみようかな。

どっちにしても、亜美のような子からほめられると、てへへと顔がゆるんでしまう。

「オマエみたいにがっついてるやつも、はじめて見た。料理のセンスは、サイテーだけどな。」

トウガラシのピリッとしたからさがのどにきて、ゴホゴホとむせた。亜美の舌は、毒舌《どくぜつ》だ。料理の腕《ウデ》は、ピカイチだけどね。ああ、おいしい！

「ねぇ、どうしてあたしに、料理を教えてくれたの？」

急に疑問《ぎもん》が、ふってわいてきた。おかしいよ。こんなに口がわるくて性《せい》格《かく》もまがってて、あんなにいやがっていたのに、家までつれてきてくれるなんてさ。

「……料理の基本《きほん》は、よろこぶ人の顔が見たいって気持ちだから。バカにして、わるかった。」

さっきまでの強気な口調《くちょう》からは、想像《そうぞう》もできないようなことば。せっかくの楽しい気分がだいなしになりそうで、あたしはあわてた。

「こ、これ、家に持って帰っていい？　弟に、食べさせるから……。」

「ダメ！」

やっぱり……。

「パスタがのびるだろ？　まずくなるだろ？　自分でつくれ！」

このほうが、亜美《あみ》らしい。

クスクスとわらって、がまんできなくて大声でわらった。亜美の顔が、ちょっとゆがんだ。あ、ちがう。わらってるんだ。

亜美がもうひとつ教えてくれたこと。それは、フランス語で「アミ」というのは「友だち」っていう意味だということ。

亜美がつけてくれた、「かごめ」というあだ名も、なかなかわるくないと思った。

4　オーダー、うけたまわりました！

つぎの日、あたしはよろこびいさんで亜美《あみ》の席《せき》にいった。

「ねぇねぇ、きのうのパスタ、弟もお父さんも、おいしいっていってくれたよ！　パスタはちょっとゆですぎちゃって、アルデンテにならなかったんだけどね。でも、味はばっちり……。」

いきおいこんでそこまでいうと、亜美がヘンな顔をしていて、異様《いよう》な雰《ふん》囲気《いき》に気がついた。

教室のみんなが、おどろいた顔でこちらを見ている。

そっか。みんなは、亜美がどんな子か知らないんだもんね。ちゃんと話せるし、料理もじょうずなのに。そんなのは、あたしがちゃーんと誤解《ごかい》をといて……。

ガタンッ。

いきなり亜美は立ちあがって、教室からでていった。背中《せなか》に、迷惑《めいわく》って書いてありそうなくらい、あからさまな拒否《きょひ》だ。

「待って！」

追いかけようとしたあたしの腕《うで》を、サヨリがつかんだ。

「ちょっと、亜美《あみ》に話しかけるなんて、どうかしちゃったんじゃないの？　あんな子と話してたら、メグまでヘンに見られるよ。」

ヘン？　ヘンって何よ。サヨリだって、十分ヘンじゃない！

そういいたかったけど、ことばがでなかった。つかまれた腕と同じくらい、みんなの視線《しせん》が痛《いた》い。

なんか、くやしい。

あんな魔法《まほう》みたいに料理をつくれる子が、こんなふうにいわれるなんて。

絶対《ぜったい》に、おかしい！

あたしは、放課後《ほうかご》になるまでじっと待った。そして、亜美が帰るのを見はからって、教室から飛《と》びだした。

「ちょっと待って！」

また、丸太公園でよびとめた。

「なんだよ、きのう、料理教えてやっただろ！　もう、用はないはずだ！」

用があるとかないとかじゃなくて……。

「と、友だちになったじゃん。」

あたしは、息《いき》を切らせていった。

「友だち？」

亜美は、まゆをよせてけげんな顔をした。

「あたしはいそがしいんだ。友だちごっこなんて、してるひまはない。」

友だち、ごっこ？

頭が、顔が、あらゆるところが熱《あつ》くなった。

「何よ、それ！　いっつも授業中《じゅぎょうちゅう》はねてばっかりだし、宿題だってしょっちゅうわすれてくるくせに、何がいそがしいのよ。いつも機嫌《きげん》がわるくて、おこりんぼうで、あたしたちのことバカにして……。」

いいたいことは山ほどあるのに、またことばにつまった。鼻の奥《おく》が、つんとする。

亜美《あみ》はくるっと背中《せなか》をむけると、いきなり走りだした。そういえば、亜美は足がはやい。転校してきてすぐに、リレーの選手《せんしゅ》にえらばれたほどだ。

んも〜！　あんなやつ、あんなやつ……。

亜美が走っていった方向に、思いきり石をけりあげた。

「あれ？　なんだろう……。」

石が落ちた先に、携帯電話《けいたいでんわ》が落ちていた。ひろいあげて開くと、待ち受け画面があらわれた。コックの帽子《ぼうし》をかぶったおじさんと、髪《かみ》をひとつにたばねたおばさんと、笑顔《えがお》の亜美……。亜美って、こんなふうにわらうんだ。

あたしのほうまで顔がゆるんで、なんだか胸《むね》がきゅっとなった。いつもむすっとしている亜美を、こんなふうにわらわせたいな。

そのとき、いきなりブルブルと携帯電話がふるえて、あたしはほうりだしそうになった。着信《ちゃくしん》の文字がでている。

ど、どうしよう……。

あ、そうか、亜美《あみ》が気づいて電話してきたんだ。きっとそうだ。

あたしはドキドキする胸《むね》をおさえて、ボタンをおした。

「もしもし……。」

「あ、あの、リトル・シェフさんですか……？」

「は？」

相手は、亜美ではなさそうだった。でも、同じくらいの年の女の子の声。

小さくて、おどおどしている。

「お願《ねが》いがあるんです。うちのおばあちゃん、病気でねこんでるんです。

元気が出る料理を、つくってもらえませんか？」

「え、ちょ、ちょっと待って。」

リトル・シェフ？　それってどこかで……。あ、年寄《としよ》りに人気のあるってやつ？

とまどうあたしに気づかないくらい、むこうもせっぱつまっている。

「お金なら、はらいます。おこづかいがあるから。あの、わたしの名前は、仙崎《せんざき》サヨリです……。」

うわっ！

今度こそ、携帯《けいたい》電話を落としてしまった。

どうして、なんで、相手がサヨリなの⁉

「もしもし！　もしもしっ！」

受話口から、必死《ひっし》の声が聞こえてくる。

待てよ、落ちつけ……。

リトル・シェフ……調理実習のとき、サヨリと春名《はるな》が話していた。

まさか、でも、もしかして……。

亜美《あみ》にたしかめなきゃ！

「もしもし、今とりこみ中なので、またあとでお電話を……。」

「……おじいちゃんが死んじゃって、おばあちゃん、がっくりしちゃって。」

どうやら、話しているとちゅうだったみたい。涙声《なみだごえ》になっている。こんなに必死のサヨリ、見たことがない。性格《せいかく》わるいって思ってたけど、結構《けっこう》いいところあるじゃん。

あたしはなんだか、しんみりしちゃった。

おじいちゃんをなくして、ねこんでしまったおばあちゃんのために、孫《まご》が元気になるものを食べさせてあげたいなんて……。

泣《な》けるじゃない！　人情《にんじょう》じゃない！

「わかった……。」

ここでことわったら、人間じゃない。

「そのオーダー、うけたまわりました！」

どこかで、聞いたことのあるセリフ。だけど、そういったら妙《みょう》に気持ちがよくてすっきりした。

電話を切ったあと、あたしは亜美《あみ》のアパートに走った。

えっと、たしか二〇一号室。

よび鈴《りん》をおすと、出た気配《けはい》はあるけど、無言《むごん》だった。

「もしもし、もしもしっ！」

あ、電話じゃないんだった……。

「亜美？　ちょっと聞きたいことがあるの。あけて！」

「こっちに用はない。」

切らせるもんか！

「携帯《けいたい》電話、落としたでしょ！」

ふふ、こっちには人質《ひとじち》……いや、もの質？　があるんだから！

亜美《あみ》は、考えるように無言《むごん》だったけど、しばらくして玄関《げんかん》のかぎがカチャッと開いた。

あたしは勝手にドアをあけて亜美をおしのけると、洗面所《せんめんじょ》で手をあらい、リビングに入った。

あたしは、かなり機嫌《きげん》がわるかった。

「話ってなんだ。」

長い前髪《まえがみ》が、亜美の表情《ひょうじょう》をかくしてしまう。

「リトル・シェフって、何？」

単刀直入《たんとうちょくにゅう》に、話をきりだす。あきらかに、亜美の顔色が変《か》わった。きのう、友だちになったと思ってたのに、そんな話はすこしもしてくれなかった。

「オマエには、関係《かんけい》ない。」

冷《つめ》たく視線《しせん》をそらす亜美。携帯《けいたい》電話の中で、ほほえんでいる亜美。

一体、どっちがほんとうの亜美なの!?

「さっきオーダーがきて、受けたから。仙崎《せんざき》サヨリからだった。」

「なんだって!?　オマエ、何勝手なことしてるんだよ！」

亜美はえらい剣幕《けんまく》で、あたしの手から携帯電話をもぎとった。

くやしい、くやしい、くやしい……。

「勝手に、かごめとかあだ名つけておいて……いい舌《した》もってるなとか、いい気にさせといて……つぎの日には、つきはなすの？　そんなの、おかしいじゃん！」

あたしの目からは、蛇口《じゃぐち》みたいに、ううん、滝《たき》みたいにぼろぼろと涙《なみだ》がこぼれ落ちていた。亜美《あみ》はおどろいたように目を見開くと、おろおろした。

あたしのいかりが、一気に爆発《ばくはつ》した。

「友だちごっこしてたのは、そっちだ！」

亜美の肩《かた》が、すとんと落ちた。

「……ゴメン。」

あやまるなんて思ってなかったから、あたしの涙は、キュッとしぼったみたいに止まった。

「あたし、いらいらしてたんだ。父さんが帰ってくるのがのびて、母さんはお酒飲んで、よっぱらっちゃうし。」

お母さんが……？

そういえば、なんかきのうと部屋の感じがちがう。リビングに、お酒のビンが転がっている。洋服もぬぎっぱなしで、散《ち》らかっている。かざられている花が、さびしそうだった。

「……ゴメン。」

思わず、あたしもあやまった。ゴメン、ヘンなこといわせちゃって。

あたしと亜美は、どちらからいいだすでもなく、落ちてるものをひろったり、かたづけたりした。

よれよれのブラウス、口紅《くちべに》のついたグラス、すこしだけのこったワインのビン。どれも、亜美《あみ》の心をあらわしているようで、なんだか悲しい。

「大変《たいへん》だった？」

「まぁね。」

ひょいっと肩《かた》をすくめる。

「も、もしかして、暴力《ぼうりょく》とかふるわれたの？　それとも虐待《ぎゃくたい》とか……。」

「まさか！　テレビの見すぎ。ただ、お酒飲んで、歌っておどってねちゃうんだ。それでスッキリして、つぎの日には仕事に行くんだから、気楽なもんだよ。」

「へぇ。」

ちょっと、ホッとした。

「父さんが帰ってこれなくなって、あたしだってショックなのにさ。どうしておとなって、あんなふうに自分を出せるのかなぁ。あたしには、とても無理《むり》。」

あたしはだまって、亜美の話を聞いていた。でも、ちがうよ。亜美が自分を出せないのは、お母さんが先に爆発《ばくはつ》しちゃうから。だから亜美は、ぎゅっとがまんするしかないんだ。

「それにしても、よりによって、仙崎《せんざき》サヨリとはなぁ。」

亜美がぼそっといったから、あたしは思い出しながらくわしく話した。

そして、どうしても聞きたいことがある。

「リトル・シェフって、亜美《あみ》なの？」

ひと呼吸《こきゅう》おいて、亜美はため息《いき》をついた。

「……だれかが、勝手につけた名前だから。あたしには、関係《かんけい》ないけど。」

うわさでも、ほんとうのこともあるんだ！

すごい。亜美って、やっぱりすごい！

「あたしさぁ、小さいころ、父さんが料理をつくってるのを見るのが、好《す》きだったんだ。いつもいすをキッチンに持ちこんでは、その上に立って、ながめてた。」

小さいころの亜美が、目に浮《う》かんだ。目をきらきらとかがやかせて、見ていたにちがいない。

「みるみるうちに料理ができていくのって、まるで魔法《まほう》みたいだろう? 父さんは奇跡《きせき》をおこせるんだって、本気で思ってた。」

「あたしも、亜美が料理するのを見てたとき、そう思った。」

そういうと、亜美の耳たぶが赤くなった。

「いつか、父さんと母さんと三人で、レストランを出すのが夢《ゆめ》なんだ。だから今は、修業中《しゅぎょうちゅう》。母さんが働《はたら》いてるレストランって、たまにボランティアで、老人《ろうじん》ホームに料理をつくりにいってるんだ。その手つだいに、あたしもつれていかれたりしてる。」

そっか、だからいそがしいっていってたんだ。

「じゃあ、料理をつくっていたのは、亜美じゃないの?」

「いや。最近《さいきん》レストランがいそがしくて、母さんたちが行けなくなっちゃって。でも、せっかくおじいちゃんやおばあちゃんが、楽しみにしているのにかわいそうだし、こっそりとつくりにいってたら……。」

「うわさになっちゃったんだ？」

「そうみたい。」

亜美《あみ》は、ゆっくりとうなずいた。

「母さんにばれたらしかられるし、もうやめようと思って。」

「えぇ！　やめちゃうの？」

自分のことじゃないのに、すごくショックだった。

「亜美は、お料理で人をよろこばせることができるんだよ。それって、すっごいことだと思う。あたしなんて何もできないのに、うらやましいよ。だから、だから……。」

やめないでほしい！

「もう、決めたんだ。」

亜美のことばは重くて、決心はかたそうだった。でも、あたしだってかんたんにはひけない。

「じゃあ、サヨリのおばあちゃんはどうなるの？　食べる人のよろこぶ顔が、料理の基本《きほん》でしょ？　あたし、おばあちゃんの笑顔《えがお》が見たいよ！　お願《ねが》い。」

うちのおじいちゃんも、具合がわるい。だから、のこされたサヨリのおばあちゃんの気持ちも、おばあちゃんを心配するサヨリの気持ちも、わかる気がした。

しばらくうつむいていた亜美《あみ》が、顔をあげた。

「わかったよ。最後《さいご》だからな。そのかわり、条件《じょうけん》がある。」

「条件？」

「かごめ、アシスタントになれ。」

「へっ？」

料理おんち・・・のあたしが、アシスタント？

「無理《むり》！　ムリムリムリ！」

あたしは、いすにしがみついた。

「あたしの指示《しじ》どおりにすればいいんだよ。だめなら、この話もナシだ。」

ナシといわれて、ことばにつまった。考えてみれば、勝手にオーダーをうけておいて、亜美におしつけるのもひきょうな気がする。

「……わ、わかった。がんばる。でも、あたしもお願《ねが》いがあるの。」

「何？」

「その、うっとうしい前髪《まえがみ》、切らせて！」

あたしは、思い切っていってみた。

「別《べつ》に……いいけど。」

亜美は、しぶしぶOK《オーケー》してくれた。あたしは、はさみをかりると新聞紙をひろげて、亜美の前髪を慎重《しんちょう》に切った。

亜美《あみ》のつやつやした髪《かみ》からは、ほっこりとおひさまのにおいがする。

「できた！」

思ってたとおり……。

亜美の目ってきれい。茶色くて、すいこまれそうなほどすんでいて深い。

亜美はちょっと赤くなったけど、今度は、あたしから目をそらそうとはしなかった。

5 料亭《りょうてい》はるなの松花堂弁当《しょうかどうべんとう》

「う～ん、うまくいくのかなぁ……。」

あたしは、首をひねりながら歩いていた。

亜美《あみ》に指示《しじ》されたのは、サヨリにあって、聞きこみをすること。おばあちゃんの好《この》みとか、体調とか、食べていいものとか。

「そんなことしたら、サヨリがヘンに思うよ。」

って、いったんだけど……。

あたしは、サヨリの家のよび鈴《りん》をおした。

「はーい。あれ、何よ、メグ。」

「あ、ハハ、こんにちはぁ。」

あたしはひきつりわらいをうかべて、まぬけな声を出した。どう説明《せつめい》していいか、わからない。

「あ、あたし、こーいう者でして！」

ずいっとさしだした手づくり名刺《めいし》には、こう書いてあった。

リトル・シエフ　アシスタント　かごめぐみ♡

サヨリは、しばらくそれをじっと見つめていた。いつまでも見ているから、時間が止まってしまったかと思ったくらい。

「バカにしてんの？」

サヨリがいった最初《さいしょ》のひとことは、これだった。

「どうして、メグがアシスタントなのよ。そんなわけないでしょ。それに、どうして知ってるの？　からかってるわけ？」

ことばが、機関銃《きかんじゅう》みたいに投げつけられてくる。

サヨリのいうことももっともだし、信《しん》じられないのはあたしもいっしょ。

「さ、さっきの電話を受けたの、実はあたしだから。ほんとうだよ！」

「そんなわけない！　あれは、おばあちゃんの知り合いに聞いた、リトル・シェフ直通のひみつの番号で……。」

「だから、アシスタントのあたしが出たんだよ。まさか、サヨリからかかってくると思わなくて、びっくりしたけど。」

そういうと、サヨリはまゆをひそめて、思い出すようなしぐさをした。

きっと、さっきの電話を頭の中で再現《さいげん》しているんだ。あの声が、あたしに似《に》ていたかどうか……。

「オーダー、うけたまわりました！　って、ね？　いっしょでしょ？」

サヨリは、あっと声をあげると、まわりをきょろきょろと見てから、声をひそめた。

「ほんとうなのね？　リトル・シェフは、ほんものなのね？」

あたしは大きくうなずいた。

「よかった……。どうしてメグがアシスタントかは、もういいや。そのかわり、ちゃんと料理をつくってもらってよね。」

「うん。で、いろいろ聞きたいことがあるんだ。」

あたしは、メモとペンをとりだした。

サヨリに聞いた結果《けっか》、なんだか頭の痛《いた》いことになった。

おばあちゃんは、サヨリの家から歩いて五分くらいのところに住んでいて、今はひとりぐらしであること。とくにどこがわるいってわけでもないけど、ねてばかりいて、食事もあまりとらないこと。

「じゃあ、料理をつくっても、食べられないかもしれないの？」

「そこをなんとかするのが、シェフの腕《ウデ》でしょ？」

サヨリも、むちゃなことをいう。

「実は、春名《はるな》くんの料亭《りょうてい》に、おといつれていってあげたの。」

「へー、あそこ、高いんでしょう？」

あたしだっていったことないのに、いいな〜。

「それなのに、ひと口も食べなかったんだ。」

「ひと口も!?」

もったいない！　じゃなくて……、それは重症《じゅうしょう》だ。

「お医者さんは、どこもわるくないっていうんだけど。もっと栄養《えいよう》とらなくちゃっていうのに、おばあちゃん、食べてくれなくて。」

サヨリの気持ちは、すごくわかる。これでおばあちゃんにまで何かあったら、サヨリもサヨリの家族も、ぺしゃんってなっちゃう。

「わかった！　なんとかする。とりあえず、おばあちゃんのようすを見せてくれる？」

あたしったら、自分でもびっくりするくらいの行動力。全身に、バリバリと力がみなぎる感じ。だれかのために何かするのって、最高《さいこう》に気分がいい。こういう仕事、むいてるかも、なんて思ってしまう。

「いっしょに住もうっていってるんだけど、おばあちゃん、どうしてもおじいちゃんの家をはなれたくないっていうの。だからたまに、お母さんがようすを見にいってるんだけど。」

道を歩きながら、サヨリは説明《せつめい》してくれた。そういえば、うちのおじいちゃんもがんこで、いなかをはなれないっていいはってたな。年をとると、ちがう場所に住むのはしんどいことなんだって、お母さんがいってた。

おばあちゃんの家につくと、お客さんがきているらしく、玄関《げんかん》に下駄《げた》がおいてあった。

下駄？

「おばあちゃんにお客さんなんて、だれだろう……。」

玄関をあがって奥《おく》の部屋に行くと、六畳《じょう》くらいの部屋に、仏壇《ぶつだん》がおいてあった。ほがらかにわらっているおじいちゃんの写真が、なんとなくものがなしい。おばあちゃんは頭を仏壇にむけて、ふとんに横になっていた。

「春名《はるな》！」

おばあちゃんの枕《まくら》もとには、着物をきた春名が、正座《せいざ》してすわっている。

「春名くん、どうしたの？」

どうやら、サヨリにもだまってきたらしい。ホントに着物きてるし……。

「よお。」

気まずそうにしている春名のかわりに、おばあちゃんが口を開いた。

「春名くんがね、わざわざお料理を持ってきてくれたの。でも、食欲《しょくよく》がなくてね……。」

おばあちゃんが、ふとんに横になりながら、もうしわけなさそうにいった。

「お料理って？」

あたしが聞くと、春名《はるな》はもぞもぞとおしりを動かして、ばつのわるそうな顔をした。

「いや……せっかくこの間きてくれたのに、何も食べないで帰っただろう？　うちのおじいちゃんが、気にしててさ。うちでいちばん人気の松花《しょうか》堂弁当《どうべんとう》を、持っていけって。」

「えぇ！　あの、お弁当のくせに、三千五百円もするってやつ!?」

あたしがさけぶと、バコンッとサヨリになぐられた。イテテ……でも、

やっぱり高いって思うんだけど。

「ゴメンね。料亭《りょうてい》はるなの料理のせいじゃないよ。おばあちゃん、ずっと食欲《しょくよく》がなくて。だから春名《はるな》くん、気にしないで。」

いつも女王様のサヨリも、さすがにわるいと思ったみたい。だからあたしも、いっしょに弁解《べんかい》してあげた。

「そうだよ、春名のせいじゃない。おばあちゃんのことは、こっちにまかせて……。」

「ちょっと！　リトル・シェフにたのむなんていわないでよ！」

いってしまって、サヨリはあわてて口をおさえたけど、おそかった。

「え！　なんだよ、それ。」

春名は、真剣《しんけん》な顔をして身をのりだした。

「えっと……、つまり。」

サヨリのバカ……。自分でばらしちゃって。

「だって、メグがリトル・シェフにたのめっていうから！」

なんだよ、それ～！　あたしが抗議《こうぎ》の目をむけると、春名がぽかんと口をあけた。

「リトル・シェフって……ただのうわさじゃなかったんだ？」

あったりまえじゃん！　うちの班《はん》の、姫野亜美《ひめのあみ》だよ！

……って、いいたかった。でも、ぐっとこらえて飲みこんだ。

春名は、しばらくおばあちゃんの枕《まくら》もとにおかれた松花堂弁当《しょうかどうべんとう》を見つめたあと、ぽそっといった。

「オレにもその料理、見せてもらえないか？」

「どうして？」

「うちの料理がダメだったんだから、どんな料理だって無理《むり》だと思う。それを、見とどけたいんだ。」

うわぁ、性格《せいかく》ワル～！　でも、春名《はるな》の気持ちもちょっとだけわかる。いつも「料理なんて……」っていってるけど、ほんとうは、料亭《りょうてい》はるなの料理は春名のじまんなんだ。つまり、プライドがゆるさないんだろう。

「いいよ、春名くんもよんであげる。」

サヨリが、調子のいい声でいった。

「ホントか！」

「ええ？」

あたしと春名の声が重なった。そんなの、亜美《あみ》に了解《りょうかい》とってないし、いいのかな……。

「いいじゃない、ひとりくらい見学者がふえたって。」

「っていうか、どうして加護《かご》がいるんだ？」

今度は、ふたりからにらまれた。なんか、形勢不利《けいせいふり》って感じ。

「アシスタント？　まじで？　へぇ、人は見かけによらないなぁ。」

説明《せつめい》すると、春名に感心された。そんなふうにいわれると、わるい気はしない。ふふんと胸《むね》をはる。そして、ダメおしのひとこと。

「たのむよ。お礼《れい》に、この弁当《べんとう》オマエにやるよ。」

「ほ、ほんとうに!?」

あたしって、こんなに意志《いし》がよわかったんだ……。ごめんね、亜美《あみ》。

あたしはずっしりとした松花堂《しょうかどう》弁当をかかえると、しみじみとしあわせをかみしめた。

6 なぞの行動

あたしは早速《さっそく》、亜美《あみ》に調査結果《ちょうさけっか》を報告《ほうこく》した。

おばあちゃんには、とくに食事の制限《せいげん》はないこと。でも、しばらくおかゆしか食べていないこと。体調はわるくないけど、あまり元気がないということ、など。

「おばあちゃん、はやくおじいちゃんのところに行きたいなんていうんだ

よ、かわいそうだよ。」

あたしは、おばあちゃんのことばをつたえた。そういうふうにいわれると、まわりの人はせつない。いつも勝気なサヨリでさえ、しゅんとなっていた。

「ふーん。で、何これ？　立ち会い、春名結城《はるなゆうき》って。」

「え？　ああ、気にしないで。ただの見学者だから。」

あたしはあわてていった。もらったお弁当《べんとう》は、もうおなかの中だ。

「なんか、あやしいなぁ……。あいつに見られるの、イヤだな。」

そういって亜美《あみ》が赤くなったから、あたしはおどろいた。まさか亜美、春名のことが好《す》きなの？

「ご、誤解《ごかい》すんなよ！　あいつ、たぶん料理習ってる。いや、まちがいないよ。手つきでわかる。そういうヤツに見られるのは、ちょっとやりにくい……。」

そういうもの？

たしかに、料理を習っている可能性《かのうせい》は十分にある。何しろ料亭《りょうてい》の跡《あと》とりだし、調理実習のときの手つきもよかった。

「そっかぁ。でも、あんなにおいしいお弁当を、食べてもらえない理由を知りたいって気持ち、わかるなぁ。」

あたしは、さっき食べた松花堂《しょうかどう》弁当の味を思い出して、よだれが出そうになった。粕《かす》づけの魚は、コクがあってとろけるようだったし、あま〜い栗《くり》とカボチャの煮物《にもの》も絶品《ぜっぴん》だった。

「……かごめ、食ったな？」

亜美《あみ》に、ジロッとにらまれた。

「え？　あ、ハハ、いや、アシスタントとしては、いろいろ調べておかないと……。」

あせるあたしに、亜美は深いため息《いき》をついた。

「まぁいいや。メニュー、どうするかな……。」

亜美は、すっかりシェフの顔になっていた。

ホント、どうするんだろう……。おばあちゃんは、食べる前から何も受けつけようとしない。どんなにおいしいものをつくったとしても、食べてもらえなきゃ、意味がない。

アシスタントとしては、ひとことくらいアイデアを出したいけど……。

うーんということばしか、出てこなかった。


とうとう、料理を依頼《いらい》された日になってしまった。

亜美は、とくに何か用意するわけでもなく、「メニューは、行ってから考える」といった。

そんなので、ほんとうにだいじょうぶなのか、あたしはハラハラするばかりだ。

おばあちゃんの家の近くまできたとき、亜美がさっと路地にかけこんだ。

「かごめ、見はってろ。」

「え?」

そういう間に、亜美《あみ》はリュックからシェフの帽子《ぼうし》と白衣《はくい》をとりだし、大きなマスクまでした。

「うわ、何、そのかっこう。」

「サヨリと春名《はるな》に、ばれたくないんだよ。」

「え……それは無理《むり》なんじゃない……?」

あたしは、頭の先から足の先までながめた。髪《かみ》の毛《け》は帽子の中にすっぽりと入ってるし、顔は大きなマスクでおおわれて、目しか見えない。まぁ、だまっていれば、男か女かさえも、わからないかもしれない。

でも……声でわかっちゃうと思う。

「どうして、そこまでするの？」

あたしは、不思議《ふしぎ》でたまらなかった。料理ができることがばれたって、ちっともわるいことじゃないのに。

「あんまり、めだつことはしたくない……。」

イマイチよくわからないけど、めだちたい人がいるように、めだちたくない人がいたって、おかしくはないかも。

「かごめには、わからない。だれとでも話せるじゃない。でも、あたしはダメ。何度も転校したけど、みんなとうまくつきあう自信《じしん》がないんだ。」

う〜ん。

たしかにあたしは、だれにでも気軽に話しかけちゃう。考えるより先に、ことばが出てくる。亜美《あみ》は、たぶんそうじゃない。しゃべる前に、いろいろ考えちゃうんだ。でも、それってわるいことじゃないと思う。

自信《じしん》ってなんだろう？　あたしだって、いつも自信があるわけじゃない。どっちかというと、自信がないことだらけ。それでも気にならないのは、性格《せいかく》のせいかもしれない。

「いいから、行こう。」

あたしと亜美は、路地から出て、おばあちゃんちにむかった。

「ごめんくださーい！」

玄関《げんかん》で声をかけると、奥《おく》からサヨリと春名《はるな》がかけてきた。

「い、いらっしゃいませ。あの、わざわざありがとうございます。」

サヨリは、相手が亜美とは気づかないようで、深々《ふかぶか》と頭を下げた。いつも亜美のことをバカにして、あごで使っているくせに。

正体《しょうたい》を、ばらしたい、ばらしたら……おこるだろうな。むずむずする気持ちを、ぐっとがまんした。

「あんたがシェフだって？」

春名は、ふんっと鼻でわらった。

「オマエの腕《ウデ》、よく見せてもらうからな。」

まったく、失礼《しつれい》なやつ。でも亜美は、無視《むし》してずんずんと家の中に入っていった。頭の中が、ほかのことでいっぱいって感じだ。

亜美《あみ》は、まずおばあちゃんのところにいった。おばあちゃんは、あいかわらずふとんに横になっている。

「こんにちは。」

「ああ、あなたがうわさのシェフさんね。あなたの料理がおいしいのは知ってますよ。でもね、今は食欲《しょくよく》がなくてね。わるいけど、また今度にしてちょうだい。」

やっぱり……。

やんわりとことわられた。おばあちゃんは、全然《ぜんぜん》その気がない。こんな人が相手じゃ、つくるほうも気合《きあい》が入らないだろう。

「おばあちゃんのアルバムを見せて。」

亜美が、小声でそういった。

サヨリは首をかしげた。あたしも同じだ。どうして料理をつくるのに、アルバムなの？

サヨリはおしいれの中から、大きなアルバムを持ってきた。ホコリだらけで黄ばんでて、ところどころビニールもはがれている。

最初《さいしょ》のページには、まだわかいおばあちゃんとおじいちゃんが、セピア色でうつっていた。やがて、小さな子どもが登場するようになる。サヨリに似《に》ているけど、これがサヨリのお母さんらしい。

「わ～、すごーい！　昭和《しょうわ》っていうんでしょ？　なんか、レトロって感じ。」

サヨリは、キャハハとわらってはしゃいでいる。

「いいなぁ、たたみにちゃぶ台。やっぱ、日本は和室だよな。」

春名《はるな》は、ヘンなところに感心している。

あたしは、なんだか不思議《ふしぎ》だった。おばあちゃんにもわかいころがあって、あたしたちくらいのときもあったってことが、信《しん》じられない。人って、ずーっとつながっているんだ。

食卓《しょくたく》を囲《かこ》んでいる、家族の写真があった。おじいちゃんと、おばあちゃんと、サヨリのお母さん。しあわせを切りとったような写真だ。あたしたちはなんとなく、ほぉっとため息《いき》をついた。

亜美《あみ》はていねいに写真を見ると、ぱたんとアルバムを閉《と》じた。

「ちょっと、いろいろ見せて。」

「どうぞ……。」

サヨリが、亜美に答えた。

あれ？　そういえば、サヨリも春名も、亜美の声に気づかないのかな？

そう考えて、あっと思った。そういえば、亜美は学校でほとんど口をきかない。たまに授業中《じゅぎょうちゅう》に発言することはあっても、ぼそぼそと小さい声でいうから、印象《いんしょう》がうすい。

なるほどね……。亜美は最初《さいしょ》から、わかっていたんだ。

亜美は、ひとりで家の中をぶらぶらしたあと、えんがわにおいてあったサンダルをはいて庭に出た。庭には、草がぼうぼうに生えている。

亜美《あみ》はしゃがみこむと、草を引きちぎっては、においをかいだ。

「あ、あの、何してんの？」

あたしが聞くと、亜美はちぎった草をさしだした。

「食べて。」

「えー。」

いくらアシスタントでも、雑草《ざっそう》を食べろだなんて、ひどすぎる。しかたないから、先っちょだけ、ぱくっと食べた。

「あれ、いいかおり……。」

「それ、春菊《しゅんぎく》だ。」

いわれてみれば、春菊独特《どくとく》のかおりがする。

「あたし、春菊《しゅんぎく》ってにがいから苦手《にがて》なのに。これってあまいよ。」

「いっただろ。旬《しゅん》の野菜《やさい》っていうのは、あまいんだよ。」

ああ、思い出した。春キャベツがあまかったように、春菊も春の野菜で、おいしいのか。しかも、とれたてだもんね。

「こっちはミツバ。これはセリ。この菜園《さいえん》は、おばあちゃんの？」

亜美《あみ》が聞くと、サヨリは思い出すように答えた。

「それはたぶん、おじいちゃんが育てていたものだと思う。植物とか、好《す》きだったから。」

亜美はうーんと考えると、あたしにザルを持ってこさせて、葉っぱをちぎっていれた。

それから、庭のすみにある、ものおき小屋にいった。横にスライドする木のとびらは、もう何年もあけてないみたいで、かたくてなかなか動かない。

「まかせとけ。」

春名《はるな》がはりきってすすみでたけど、えいっというかけ声ばっかりで、びくともしない。おぼっちゃんは、これだからこまる。

「しょーがないなー、どいて！」

アシスタントの腕《ウデ》の見せどころだ。

あたしがとびらをボコッとけっとばしたら、やっと開いた。

「オマエ、大和《やまと》なでしこってことば知ってるか？　日本女性《じょせい》は、もっとおしとやかに……。」

「うっさい！」

口うるさい春名《はるな》をおしのけて、あたしは中に入った。

そこにはたくさんのたながあって、大工道具《だいく》、スコップや植木ばち、つぼや三輪車《さんりんしゃ》……とにかく、がらくたというか、過去《かこ》に活躍《かつやく》したはずのものが、たくさんおいてあった。

「うわっ、クモの巣《す》！」

入り口からさしこむ光に、クモの巣がきらきらと反射《はんしゃ》した。こんなところ、さっさと出るべきだと思う。

亜美《あみ》はぐるっとながめると、「食器《しょっき》」と書かれた段《だん》ボール箱《ばこ》に目をつけた。

「あれ、とって。」

人づかいがあらい！　と思うけど、亜美の白衣《はくい》がよごれてはこまる。あたしは、春名とサヨリにふみ台をおさえてもらって、高いところから段ボール箱をおろした。

段ボール箱をそっとあけると、もわっとほこりが舞《ま》った。中には、新聞紙につつまれた食器の山。

「おばあちゃんったら、貧乏性《びんぼうしょう》！　こんな古い食器、どうしてとっておくのかな。」

サヨリは、ハンカチで口をおさえて顔をしかめた。中には、色あせて変色《へんしょく》してしまったものもある。亜美ったら、何考えてるんだろ。

亜美はていねいに茶わんを見てまわると、大きめのごはん茶わんを、持ていうようにさしだした。

「はいはい。」

どうせ、聞いても答えてくれないから、あたしはいわれたとおりに持つことにした。

「じゃ、キッチンに行くか。」

亜美《あみ》は、よっこらしょって感じで立ち上がると、にやってわらった。

え……。

ううん、マスクしているんだから、わらったかどうかなんて、わからないはず。でも、あたしにはわかった。今、たしかにわらったんだ。

自信《じしん》ありげに、にやっとね。

7 ミラクル・キッチン

台所に行くと、そこは、とてもキッチンというよび名からはほど遠かった。小さな流し台、こげて黒くなったコンロ、電子レンジも、電気ポットもない。おばあちゃん、一体どうやってくらしているんだろう。

「おばあちゃんちって、炊飯器《すいはんき》もないんだよねぇ。」

「えぇ！」

サヨリのことばに、あたしは目を丸くした。いまどき、炊飯器《すいはんき》がない家があるなんて！

「どうして？　ごはん食べないの？」

「ううん、そんなことないよ。たまに遊びにくると、ちゃんとごはん出てくるもん。そういえば、どうしてかなぁ？」

サヨリは、のんきに首をかしげている。おばあちゃんちを、レストランかなんかだと思っているみたい。あせって亜美《あみ》を見たけど、いたって落ちついている。

「いいよ、炊飯器なんかなくても、ごはんは炊《た》ける。」

炊飯器がなくて、どうやって？　ごはんは、スイッチをおせば炊けるものだって、信《しん》じてたのに。

「じゃあ、ふたりは出ていって。」

亜美がいうと、サヨリと春名《はるな》は「え～っ！」と、不満《ふまん》げな声をあげた。

それはそうだよね。いよいよってときに、出ていけだなんて……。それでもやっぱり亜美は、見られるのがイヤなんだ。

サヨリと春名は、ぶつぶついいながら、おばあちゃんの部屋にひきあげていった。

ふたりが出ていくと、あたしと亜美のふたりになった。

「さぁ、つくるか。」

マスクをとった亜美は、はりきっているように見えた。どんな場所、状《じょう》況《きょう》でも、料理をするのが楽しくてしかたない、そんな感じ。

亜美《あみ》が立っていると、古ぼけた台所も、ぴかぴかとかがやいて見えた。

でも……何かがひっかかる。ほんとうに、これでいいの？

「ねぇ！　だれかとうまくつきあう自信《じしん》がある人なんて、いるのかな。」

あたしは、亜美につたえたかった。あたしだって、みんなだって、亜美と同じだってこと。

「亜美は料理がじょうずなんだし、もっと、自信をもっていいと思う！」

「何いってんだよ……。」

いいかける亜美のことばをふりきって、あたしはガラッとふすまをあけた。

「あっ！」

亜美が、さっとうつむくと同時に、サヨリと春名《はるな》がふりむいた。

「姫野《ひめの》……。」

「亜美……。」

ふたりとも、ポカンと口をあけている。

「ゴメンね、亜美。あたし、がまんできないよ。だれにも、ほんとうの亜美を見せないなんて。」

あたしのことばに、亜美は返事をしなかった。おこるのも無理《むり》はない。

それでも、そうせずにはいられなかった。

「ちょっと、どういうこと？　わたしたちのことをだましたの？」

サヨリが、ガッと立ち上がった。

「ち、ちがうよ。亜美《あみ》が、リトル・シェフだったんだってば！」

ふたりがすべてを納得《なっとく》するまでに、しばらくかかった。

「ふん、そういうことか。まぁ、料理なんて、本を見ればだれでもできるもんな。でも、ちょっとくらい料理がうまいからって、リトル・シェフだなんて……。」

春名《はるな》が、上から見くだすようにいった。

「何よ！」

ムカッときて、思わず腕《うで》をふりあげると、後ろから亜美につかまれた。

え？

ふりかえると、亜美《あみ》と目があった。なんか、ちがう。

堂々《どうどう》と顔をあげて、ニヤッとわらっている。薄気味《うすきみ》わるくて、かっこよくて、自信《じしん》にみちたわらい……。

「料理人は……。」

亜美の茶色い瞳《ひとみ》が、キラリと光った。

「ロボットじゃない。」

サヨリと春名《はるな》が、だまりこんだ。今まで、亜美のこんなすがたを見たことはないはず。あたしだって、おどろいている。まるで、人がちがっちゃったみたい。

そう思って、ハッとした。そっか、ここは亜美の独壇場《どくだんじょう》。奇跡《きせき》がおこる、キッチンなんだ！

「素材《そざい》の状態《じょうたい》、気温、湿度《しつど》で、料理のしかたは変《か》わってくる。本を見て、同じようにつくったって、ほんとうにおいしいものなんかつくれやしない。」

亜美のことばに、春名は顔をしかめた。

「お、オマエにそんなことをいわれたくないね。よし、つくってみろよ。おばあちゃんが、食べるかどうか。」

春名は、ギンッとにらんだ。なんか、職人《しょくにん》同士のライバル意識《いしき》に、火がついたみたい。

「いいよ、そこで見てろ。」

亜美は、お米の入ったなべをあたしたちに見せた。

「米をあらってすぐに炊《た》くと、芯《しん》がのこって味気ないごはんになる。夏は三十分、冬は一時間くらい水につけておいたほうがいい。」

いつのまに、そんなことしてたんだろう？　まさか、家の中を見ていたとき!?

そして亜美《あみ》は、リュックから水筒《すいとう》をとりだした。その中身をなべにうつす。

「これは、一時間前に水につけておいたコンブだ。十分うまみが出ているはず。」

亜美がいうには、コンブのうまみ成分《せいぶん》をひきだすには、一時間前後おいたほうがいいらしい。そのために、わざわざ家から水筒に入れて持ってきたようだけど……。

「一番だしをとるのか。」

亜美がカツオブシをけずっていると、春名《はるな》の目が光った。あたしには、さっぱりわからない。亜美は、コンブのはいったなべを火にかけると、しばらくしてサッととりだし、いいかおりのするカツオブシをパッと入れた。

「だしをとるにも、タイミングがいる。コンブをとりだすのがはやすぎると味が出ないし、おそすぎるとぬめりが出てだいなしになる。そうだよな?」

亜美がいうと、春名はぐっとことばにつまった。だまってるってことは、イエスということだ。その間に、ごはんのなべが、ぐつぐつと音を立てはじめた。

「かごめ、茶わんあらっといて。」
亜美《あみ》が、さっきものおきからとってきた茶わんを指さした。ずいぶん古い茶わんで、はしがかけている。まさか、こんな茶わんを出すの？

あたしは、しぶしぶ茶わんをあらった。どんなに力を入れても、まっ白にはならない。

そのうち、ごはんの炊《た》ける、いいにおいがしてきた。なつかしいような、ほっとするかおり。しばらく蒸《む》らしたあと、なべのふたをとると、ふわっと湯気《ゆげ》が立ちのぼった。

「わー、ごはんがピカピカ！」

とても、なべで炊いたとは思えない。お米がつやつやしてて、ふっくらとおいしそうだった。

「ここから先は、ひみつだから、出てって。」

「えー、そんなぁ、あたしはいいでしょう?」

亜美は、アシスタントのあたしまで追いだそうとした。春名《はるな》とサヨリも不満顔《ふまんがお》だ。

「ダメ。ひみつも料理のスパイスだから。楽しみに待ってろ。」

そういって亜美は、あたしたちをキッチンから追いだした。一体、何をつくるんだろう。材料《ざいりょう》はたりるの? 不安《ふあん》はたくさんあったけど、とにかくあたしたちは、おばあちゃんの部屋で待つことにした。

「ねぇ……、亜美《あみ》って、あんな子だった？」

ひざにおいた手のこうを見つめながら、サヨリがぽつんといった。

「あんな子って？」

「もっと、地味でふつうの子かと思ってた。」

サヨリのいいたいこともわかるけど……。

「ふつうの子なんて、いるの？」

思わずいっちゃった。

亜美に出会って、亜美がとてつもなく料理がうまいって知って、だれもがみんな、何かすごいものを持っているんじゃないかって思いはじめた。

もしかしたら、あたしだって……。

「ホント、あいつ変《か》わってるよな。」

春名《はるな》がつぶやいて、

「春名がいうな！」

あたしとサヨリの声が、重なった。

やがて、亜美がお盆《ぼん》を持ってあらわれた。どんなごちそうがのってるのかと思ったら、あの古ぼけた茶わんがひとつだけ。

ごはんだけ⁉　おかずもないの？

あたしは、全身から汗《あせ》がふきでた。こんなの、おばあちゃんが食べてくれるはずない。サヨリや春名にだって、バカにされる。

思ったとおり、サヨリも春名もうんざりした顔をした。

「うちの料理も食べなかったんだぞ。それじゃあ、いつも食べてるおかゆといっしょじゃないか。」

春名《はるな》が、せせらわらった。

あ〜……あたしは、しみだらけのてんじょうを見上げた。もう、おしまい。でも亜美《あみ》は、平気な顔をしている。

「おかゆじゃない。これは雑炊《ぞうすい》だ。」

亜美はそういって、あたしに小皿をさしだした。そこには、すこしだけごはんがのせてある。

「味見してみろ。」

「あたしが？」

「かごめの舌、信じてるから。」

亜美のひとことに、体がビビビッてしびれた。

信じてるから……。

だれかにそんなことをいわれたのははじめてで、しかも、亜美からいわれるなんて！

白いごはんを、うっすらと黄金色のだしがおおっている。その上には、春の野原のようにみずみずしい青菜がひろがっていて、中央に、菜の花のような半熟のたまごが、パッと花を咲かせている。

あたしは、ごくっとつばを飲みこんで、ゆっくりとスプーンでごはんをすくった。ふわっと、コンブとカツオブシのやさしいかおりが口にひろ

亜美のワンポイント☆おかゆは水分を多くして炊いたごはん。雑炊はごはんと具をだしで煮たものだよ。

がって、ごはんのあまみがじわっとしみた。何種類《なんしゅるい》もの青菜をブレンドした、若葉《わかば》のようなにおいが鼻をぬけて、それらを、とろっとした半熟《はんじゅく》たまごの味がつつみこむ。

「春の……味がする。」

自分でいいながら、ぽかんとした。春に、味なんてあるの？　でもこれは、たしかに春の味。春の風にふくまれている、やさしいかおりがする。

「よし。おばあちゃん、できたよ。」

亜美《あみ》はうなずくと、声をかけた。サヨリは不安気《ふあんげ》に、ゆっくりとおばあちゃんの体をおこした。

「何も食べたくないんだけど……。」

そういいながらおきあがったおばあちゃんの目が、とたんにかがやいた。

「まぁ……！」

おばあちゃんは、茶わんをさわったり、横からながめたりしている。

「なつかしいねぇ……わかいころ、まだサヨリのお母さんが小さかったときに、家族で使っていた茶わんだよ。どこから、こんなものを持ってきたんだい？」

「ものおきから。」

亜美が答えて、あたしは「あっ」と声を出した。あのアルバム……。あたしたちは、うつっている人ばかり見ていたけど、亜美は使われていた茶わんを見ていたんだ！　それで、ものおきから、茶わんを見つけて……。

それからおばあちゃんは、雑炊《ぞうすい》を見つめた。

「春菊《しゅんぎく》、ミツバ、セリ……おじいさん。」

目に、じわっと涙《なみだ》が光る。どういうこと？

「おじいちゃんが、育ててたやつでしょ？　せっかくの菜園《さいえん》、ほうっておいたらかわいそうだよ。おばあちゃんが、手入れしなきゃ。」

亜美《あみ》がそういうと、おばあちゃんはぐずっと鼻をすすって、うんうんとうなずいた。

「おじいさんの味がするよ。とってもおいしい。」

おばあちゃんは、ひと口、ふた口と、口に運んだ。

「ああ、春のかおりがする。」

あたしは、身をのりだした。おばあちゃんも、そう思った？ どうして？

「春のかおりは、野菜《やさい》からも出てるけどさ……かくし味があるんだ。」

亜美は、もったいつけるようにことばを切った。春名《はるな》が、こわい目をして茶わんをのぞきこんだ。あたしもいっしょにのぞきこむと、黄色いたまごの奥《おく》から、うすいピンク色があらわれた。

ああ、なんてきれいなんだろう。それはまさに、春の雑炊をかざるのにふさわしい。あざやかな、サクラが咲《さ》いていた。

「あ、サクラの塩《しお》づけ……。」

春名がつぶやいた。サクラの塩づけ？

「サクラの花びらを、塩でつけたものだよ。これにお湯をそそいで飲むと、サクラ茶になるんだ。うちでも、めでたいときとか、お客さんに出したりする。」

春名《はるな》の説明《せつめい》に、亜美《あみ》はうなずいた。

「そのとおり。ただ塩味《しおあじ》をつけるだけじゃ、芸《げい》がないもんな。」

ああ……。春の野菜《やさい》と、サクラの花びらのハーモニー。

料理って芸術《げいじゅつ》。味だけじゃない。器《うつわ》とか、食材《しょくざい》とか、かおりとか。そんなのが組みあわさって、ひとつの芸術品ができるんだ。

「日ごろ、おかゆばかり食べてるのに、いきなりふつうの料理を食べたら、胃《い》に負担《ふたん》がかかるからな。きょう使った野菜は、全部体にいいものばかりだから、だいじょうぶ。」

亜美《あみ》のことばに安心したのか、おばあちゃんははずかしそうに、茶わんをさしだした。

「おかわりしても、いいかい？」

奇跡《きせき》がおこった！

ただ料理をつくるだけじゃなくて、その人の人生とか、思いとか、体調とか、全部考えてつくってるなんて。

やっぱり亜美は、ステキなシェフだ！

「おい、その雑炊《ぞうすい》、まだあるよな？　オレも味見していいか？」

春名《はるな》は、亜美がうんといわないうちからダッシュして、台所にむかった。

そのようすを、あたしたちはわらって見ていた。もちろんおばあちゃんも。

おばあちゃんはぐるりと部屋を見わたすと、すべてがいとおしいというように、目を細めた。

「おじいさんは、まだこの家で生きてるんだねぇ。ねこんでる場合じゃないね。早速、菜園《さいえん》を手入れしないと。」

「そうだよ、元気出して！」

サヨリが、うれしそうにいった。おじいちゃんの写真と、おばあちゃんと、サヨリ。まるで、昔の場面が再現《さいげん》されたみたい。

サヨリがもじもじしながら、亜美に顔をむけた。

「わたし、亜美のことを誤解《ごかい》してて、いろいろ、その……。」

「ストップ！」

亜美《あみ》が、片手《かたて》でサヨリをとめた。

「あやまられたって、今までのことは帳消《ちょうけ》しにならない。」

そういわれて、サヨリはしょんぼりとうなだれた。

「でも、あたしもサヨリのことを、ただのいじわるでイヤなやつって思ってた。だから、おたがいさま。」

サヨリの顔が、パッと明るくなった。

「やーね、わたしのどこがいじわるなのよ。ま、ゆるしてあげる。ねぇ、わたしも、メグのこと、かごめってよんでいい？」

「まぁ、いいけど……。」

あたしは、ひょいっと肩《かた》をすくめた。サヨリの変《か》わり身のはやさには、いつもながら感心しちゃう。でも、まぁいいか。

「そうそう、亜美、またあしたもつくりにきて……。」

「ダメだ！」

亜美が、サヨリのことばをきっぱりとさえぎった。

「おばあちゃんが元気になるまで、孫《まご》のオマエが雑炊《ぞうすい》をつくるんだ。レシピは、ここに書いてある。」

「え〜！」

サヨリは、目を丸くした。まるで、あたしにいったみたいなことをいう。

亜美は、相手がだれだろうと、決してあまやかしてはくれない。

「孫がつくる料理のほうが、うまいに決まってるだろ。ちょっとは、おば

春のハーモニー雑炊のつくりかたは、143ページを見て！

あちゃん孝行《こうこう》しろ。」

亜美《あみ》はにやりとわらって、今までのうらみを晴らすみたいにいった。

まったく……。

「うめー！　和食バンザーイ！」

台所から春名《はるな》の声がして、あたしたちはまたわらった。

サヨリは、毎日おばあちゃんに雑炊《ぞうすい》をつくることを約束《やくそく》したし、春名は料理の奥深《おくぶか》さにうなっていた。どうやら、本気で料理の勉強をする気になったみたい。

帰り道、あたしは亜美とならんで歩きながら、不思議《ふしぎ》な気分になっていた。

「人っておもしろいね。」

「うん。」

あたしのいうことに、亜美もすなおにうなずいた。

「調味料《ちょうみりょう》みたいに、いろんな味があるんだなぁ。」

亜美がマジメな顔でいうから、どちらともなく、わらいだした。

あま～い人や、しょっぱい人、ぴりっとからい人。そんな人たちがあわさって、おたがいをひきたてあったり、まろやかにしたり……。

あたしや亜美は、どんな味なんだろう？

「ねぇ、つぎはなんの料理をつくるの？」

あたしは、ワクワクして聞いた。和食、中華《ちゅうか》、洋食！　この世は、食であふれている。

「シェフは、きょうで最後《さいご》。」

亜美《あみ》は、顔の前でひらひらと手をふった。

「うそ！　もったいないってば。つづけなよ。料理で人をよろこばせるの、好《す》きなくせに！」

あたしがそういうと、亜美の顔が真っ赤になった。図星《ずぼし》だ。よろこぶおばあちゃんを見る亜美の顔は、おばあちゃん以上《いじょう》にしあわせそうだった。

「やっぱさぁ、この携帯《けいたい》、しばらくあたしがあずかるよ。アシスタントだしね。」

「あ〜、かごめ、いつのまに！」

真っ赤な携帯電話を、亜美の鼻先でぶらぶらとゆらした。

そのとき、ルルルルルッと、ベルが鳴った。

「ハイ！　そうです、リトル・シェフはこちらです！」

「おい、ちょっと待てよ！」

あわてて携帯電話に手をのばす亜美を、あたしはサッとよけた。

「そのオーダー、うけたまわりましたぁ！」

あたしは携帯電話をピッと切って、にかっとわらった。

「か〜ご〜め〜！」

亜美の声を背中《せなか》に受けて、あたしは軽やかに走った。

春の風がさわさわと、あまいかおりをふりまいていた。

リトル・シェフ直伝《じきでん》
ミラクル★レシピ

1カップ=200ミリリットル、
大さじ=15ミリリットル、
小さじ=5ミリリットル
のものを使うよ。

春キャベツとアンチョビのパスタ

材料《ざいりょう》（2人分）

スパゲッティ（「7~8分ゆで」くらい）
……200g
春キャベツの葉……2~3枚《まい》
アンチョビ……5枚《まい》*
ニンニク……1かけ
オリーブオイル……大さじ2
塩《しお》……大さじ1と1/2
あらびき黒こしょう……少々《しょうしょう》
トウガラシ（たかのつめ）……2本

1 スパゲッティをゆでるたっぷりの湯をわかす。

2リットル以上《いじょう》
がめやす。

2 キャベツを3~4センチ角のざく切りにする。アンチョビはあらいみじんぎり、ニンニクは4~5ミリ角に切る。

キャベツ
アンチョビ
ニンニク

3 1の湯がわいたら、塩《しお》をくわえてスパゲッティを入れる。キッチンタイマーを袋《ふくろ》の表示《ひょうじ》時間より30秒短くかける。

表示《ひょうじ》の時間より短くゆでるのは、
いためあがったときにちょうど
アルデンテになるようにだよ。

塩《しお》
スパゲッティ
Set

4 フライパンにオリーブオイルとニンニクを入れて、弱火で熱《ねっ》する。すこししたら、たねをとったトウガラシを入れる。ニンニクから気泡《きほう》が出てかおりが立ってきたら、アンチョビをくわえてまぜる。スパゲッティがゆであがる直前まで火を止めておく。

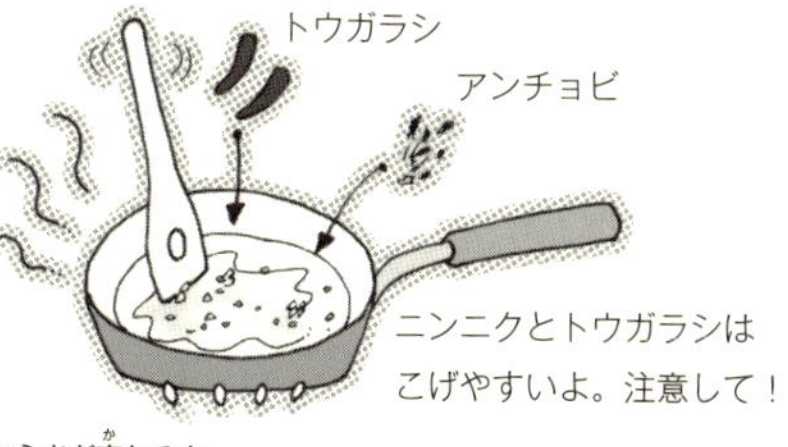
トウガラシ
アンチョビ
ニンニクとトウガラシは
こげやすいよ。注意して！

*アンチョビやサクラの花の塩《しお》づけは、大きさなどによって塩からさが変《か》わるよ。
味見をして分量《ぶんりょう》を調整《ちょうせい》してね。
**新米のときは、米：水=1：1にしよう。

お皿が冷《つめ》たいとさめやすいから、パスタのゆで汁《じる》をお皿にかけてあたためておくといいよ。

5 スパゲッティがゆであがる２分くらい前になったら、なべにキャベツも入れる。タイマーがなったら、ゆで汁《じる》をおたまに半分ほどとりわけ、スパゲッティ、キャベツをザルにあけて湯をきる。スパゲッティ、キャベツ、ゆで汁を、**4** のフライパンに入れていためあわせる。全体があわさったら、皿にもって、黒こしょうをふる。

春のハーモニー雑炊《ぞうすい》

材料《ざいりょう》（４人分）

ごはん……茶わん２~３ばい分
セリ、ミツバ、春菊《しゅんぎく》などの青菜《あおな》……きざんで１カップ分くらい　たまご……１個《こ》
サクラの花の塩《しお》づけ……８個《こ》*　だしコンブ……長さ10センチくらい
けずったカツオブシ……大きくひとつかみ（10gくらい）　塩《しお》……小さじ1/2~2/3

1 なべに水５カップを入れて、だしコンブをつけ、１~２時間おいておく。そのまま中火にかけて、あたたまってコンブから気泡《きほう》が出てきたらコンブをひきあげる。カツオブシを入れて、２分ほどしたら火を止める。

2 絵のようにして、カツオブシをこす。できただしをなべにもどして、ふたたび火にかけ、塩《しお》を入れて味をうすめにととのえる。さっと水ですすいでぬめりをとったごはんを、なべにくわえる。

ステンレスの手つきのザルにカツオブシを入れ、そのまま湯にしずめて、まぜながらすこしにだし、その後ザルをひきあげると、こす手間がはぶけるよ。

3 ごはんがあたたまり、ふっくらとしてきたら、きざんだ青菜《あおな》とサクラの花の塩《しお》づけを入れて、さっとまぜる。ときほぐしたたまごを入れて、そのまますこしにたら火を止め、器《うつわ》によそう。

雑炊《ぞうすい》にするごはんをおなべで炊《た》くには…？

●あらった米は、ざるにあげて水気を切っておく。
●なべに米と米の1.1倍の水**（米が２カップなら水は440ミリリットル）を入れ、30分以上《いじょう》おいてからふたをし、つよめの中火にかける。
●ふっとうして水蒸気《すいじょうき》があがってきたら、弱火にして10分。火を止めて８~10分蒸《む》らしてから、さっくりとまぜる。

火や包丁《ほうちょう》を使った料理をするときは、おとなといっしょにね！

作 ◎ 工藤純子（くどう じゅんこ）

東京都に生まれる。日本児童文学者協会会員。季節風同人。『GO! GO! チアーズ』（ポプラ社）でデビュー。読者と等身大の登場人物たちが活躍するリアルなストーリーで多くのファンを獲得する。ほかの作品に、『GO! GO! チアーズ 嵐の転校生 from U.S.A.』『ピンポンはねる』（ともにポプラ社）がある。

絵 ◎ 藤丘ようこ（ふじおか ようこ）

長崎県に生まれる。児童書の装画や挿し絵、漫画などの分野で活躍中。おもな装画・挿し絵の作品に、「魔天使マテリアル」シリーズ（藤咲あゆな・作、JIVE）、「カプリの恋占い」シリーズ（後藤みわこ・作、岩崎書店）などがあり、漫画の作品に、『メンズ・ソウル』（月刊あすかに掲載、角川書店）などがある。

ホップステップキッズ! 2

ミラクル★キッチン 1

天才シェフは小学生!?

2008年8月　第1刷
2013年7月　第3刷

作 ◎ 工藤純子（くどう じゅんこ）
絵 ◎ 藤丘ようこ（ふじおか ようこ）

料理指導・レシピ作成 ◎ 枝元なほみ

装 幀 ◎ 植田マナミ（ウエダデザイン）

発 行 者：矢ヶ部博
編　　集：小桜浩子
発 行 所：株式会社そうえん社
〒160-0015　東京都新宿区大京町22-1
営業 03-5362-5150（TEL）／03-3359-2647（FAX）
編集 03-3357-2219（TEL）
振替 00140-4-46366

印刷・製本：図書印刷株式会社

N.D.C.913 / 143p / 20×19cm
ISBN978-4-88264-431-6　Printed in Japan

ご感想をお待ちしています。
いただいたお便りは編集部より著者にお渡しいたします。

ホームページ◎http://soensha.co.jp